Der König ohne Schatten

R.C. SPROUL

ILLUSTRIERT VON LIZ BONHAM

hänssler
KINDERLAND

Einst lebte in einem fernen, fernen Land ein König, der war mächtig und sehr reich. Was er sich auch wünschte, kaufte er mit seinem Gold oder ließ es von seinen Dienern herbeischaffen.

Der König wohnte in einem riesigen Palast mit über hundert Zimmern. In allen Zimmern standen wunderschöne Möbel, und auf dem Boden lagen kostbare Teppiche. Er hatte Zimmer zum Schlafen, Zimmer zum Essen und einen riesigen Saal, in dem er rauschende Feste für seine Gäste gab.

Der allerschönste Raum im Palast war der Thronsaal mit der hohen Decke und dem Boden aus schimmerndem Marmor. Genau in der Mitte des Saals stand der Königsthron. Der Thronsessel war aus erlesenem Holz geschnitzt. Neben dem Thron lehnte ein ganz besonderer Stab, das königliche Zepter. Erst wenn der König das Zepter hob,

durften die Leute zu ihm treten und mit ihm sprechen. Senkte er aber das Zepter, mußten sie zu reden aufhören und den Saal verlassen.

Eines Tages saß der König wieder einmal auf seinem Thron. Er trug ein prachtvolles Gewand aus Hermelin, einem kostbaren Pelz. Seine Füße steckten in blanken schwarzen Stiefeln. Auf seinem Kopf trug er eine Krone aus purem Gold. Und vorn auf deren Mitte befand sich ein großer roter Edelstein, ein Rubin. Die Diener hatten ein Fenster geöffnet, und die Sonne schien warm in den Saal herein.

Ein Mann von der Palastwache trat zum König. Er sagte, daß draußen ein kleiner Junge sei, der gerne mit dem König sprechen würde. Der König runzelte die Stirn und sagte: »Ein kleiner Junge? Weshalb könnte mich ein Junge sprechen wollen? Ich bin im Moment sehr beschäftigt und möchte eigentlich nicht gestört werden! – Was will er denn?«

Der Wächter antwortete ihm: »Ich weiß nicht genau, was er will, Euer Majestät. Er hat nur gesagt, er habe eine wichtige Frage an Euch. Es scheint ihm sehr ernst zu sein, und er möchte dringend mit Euch sprechen. Er meint, es dauere nur ein paar Minuten.«

»Hm!« sagte der König und runzelte noch stärker die Stirn. »Ich habe keine Zeit, mit Kindern zu plaudern. Immerhin muß ich mich um ein ganzes Königreich kümmern.«

»Sehr wohl, Euer Majestät«, sagte der Wächter, »ich werde ihn wegschicken. Aber der Kleine wird sicher enttäuscht sein!«

Der König dachte einen Augenblick nach und fühlte, wie sein Herz weich wurde. Schließlich sprach er: »Nun gut. Ich werde ihn empfangen, aber nur für ein paar Minuten.«

Der Wächter verließ den Thronsaal und kehrte nach wenigen Augenblicken zurück. Neben ihm ging der kleine Junge. Dessen Kleider sahen ziemlich schäbig aus, und er hatte keine Schuhe an den Füßen. Sein Haar war ungekämmt, aber seine Augen funkelten fröhlich. Er hielt ein kleines Hündchen im Arm.

Als der König den Jungen mit dem Hund sah, hob er sein Zepter und winkte den Knaben heran. Der Junge trat zum Thron und schaute zum König auf. Er wollte einen höflichen Diener machen, aber er fiel dabei beinahe hin, weil das Hündchen auf seinem Arm so zappelte.

»Nun, mein Kind«, sagte der König, »was ist das für eine wichtige Frage, die du mir stellen willst?«

Der kleine Junge war schrecklich aufgeregt. Nie zuvor war er einem König so nahe gekommen. Die Worte blieben ihm im Halse stecken.

Der König lächelte freundlich und sagte: »Schon gut. Hab keine Angst. Rede nur ganz frei und stell deine Frage!«

Der Junge faßte Mut und sagte: »Herr König, ich wollte Euch etwas über Schatten fragen.«

»Schatten?« fragte der König. »Was für Schatten?«

»Es ist so ...«, sagte der Kleine. »Ich weiß nicht, warum wir Schatten haben. Mein Schatten folgt mir überallhin. Manchmal wird er ganz groß. Dann wieder ist er ganz klein. Und immer, wenn ich mich umdrehe, dreht mein Schatten sich auch um.«

»Natürlich«, sagte der König und lachte laut, »jeder hat einen Schatten. Alle meine Diener haben Schatten. Meine Königin hat einen Schatten. Der Kronprinz hat einen Schatten. Ich bin der König, und sogar ich habe einen Schatten.« Er wandte den Kopf und sagte: »Schau, hier. Da siehst du meinen Schatten!«

Der kleine Junge kicherte. »Meine Güte«, sagte er, »ich habe nicht gewußt, daß Könige auch Schatten haben. Seht nur, Herr König! Mein kleiner Hund!« Er setzte sein Hündchen auf den Boden. Der Hund sah seinen eigenen Schatten und begann, tolpatschig hinter diesem herzujagen. Er wollte auf seinen eigenen Schatten springen, aber der Schatten war schneller. Wenn der Hund sich bewegte, bewegte sich auch sein Schatten; und was er auch anstellte, es gelang ihm nicht, seinen Schatten zu fangen.

Der Junge und der König sahen dem Hündchen zu, wie es seinem Schatten nachsprang. Dabei mußte der König so sehr lachen, daß ihm Tränen über die Wangen hinunterliefen.

»Nein, ist das lustig«, rief der König, »seit ich ein junger Prinz war, habe ich nicht mehr soviel Spaß gehabt! Doch wie lautete noch einmal die Frage, die du mir stellen wolltest?«

Der Junge beugte sich hinunter, packte sein Hündchen und drückte es an seine Brust. »Das ist so, Euer Majestät«, sagte er, »manchmal ist es lustig, mit Schatten zu spielen, aber manchmal machen mir Schatten auch angst. Wenn ich abends in meinem Bett liege und die Kerze auf dem Tisch brennt, sehe ich alle möglichen unheimlichen Schatten an der Wand. Am Tag erschrecken mich Schatten nicht, aber nachts fürchte ich mich vor ihnen.«

»Ja«, antwortete der König, »ich verstehe gut, was du meinst. Aber du hast mir immer noch nicht deine Frage gestellt!«

»Eigentlich sind es zwei Fragen«, entgegnete der Junge. »Die erste heißt: Woher kommen Schatten? Und die zweite Frage ist: Wohin gehen sie, wenn sie verschwinden?«

Der Kleine erzählte, wie abends zur Schlafenszeit seine Mutter in sein Zimmer kommt und die Kerze auf dem Tisch ausbläst: »Wenn meine Mutter die Kerze ausbläst, dann sind plötzlich alle Schatten weg.«

»Hmmmm«, sagte der König, »das sind wirklich schwierige Fragen. Ich weiß es nicht. Ich habe nie darüber nachgedacht.«

»Ich mache dir einen Vorschlag«, fuhr er fort. »Deine Fragen sind sehr kompliziert. Ich werde die weisen Männer meines Königreiches zusammenrufen und fragen, ob sie die Antwort darauf wissen. Komm nächste Woche noch einmal her, dann kann ich dir diese Fragen bestimmt beantworten!«

Bei diesen Worten ergriff der König sein Zepter und senkte es. Das war das Zeichen, daß das Gespräch beendet war und der Junge gehen mußte.

Sofort rief der König seine Weisen zusammen. Als die weisen Männer vor ihm standen, sagte er zu ihnen: »Ich habe ein Rätsel, das ihr mir lösen sollt. Dazu stelle ich euch einige Fragen.«

Die weisen Männer fühlten sich geschmeichelt, daß der König sie um Rat fragte, aber sie hatten auch Angst, daß sie seine Fragen vielleicht nicht beantworten könnten. Der Älteste von ihnen sagte zum König: »Sagt uns, o König, wie die Fragen lauten, und wir werden versuchen, sie zu beantworten!«

Der König sagte: »Ich habe zwei Fragen. Erstens: Woher kommen Schatten? Zweitens: Wohin gehen sie, wenn die Kerzen ausgehen?«

Die weisen Männer seufzten, als sie diese Fragen hörten. Denn diese waren so schwierig, daß sie fürchteten, sie nicht beantworten zu können. Der älteste Weise sagte: »Eure Fragen sind schwierig, o König. Bitte gestattet, daß wir uns einen Tag lang beraten!«

Der König wurde ärgerlich: »Warum könnt ihr mir die Antworten nicht gleich sagen? Man sagt doch, daß ihr weise seid. Und da seid ihr nicht imstande, die Fragen, die mir ein Kind gestellt hat, zu beantworten?«

»Euer Majestät, wir verstehen Euren Ärger. Doch manchmal sind die Fragen, die Kinder stellen, am allerschwierigsten. Wir bitten Euch um Geduld und um etwas Zeit, der Sache nachgehen zu dürfen.«

»Also gut«, sagte der König, »ihr sollt einen Tag Zeit bekommen, aber nur einen einzigen Tag! Wenn ihr die Fragen morgen nicht beantworten könnt, werde ich euch aus meinem Königreich verbannen, und andere sollen eure Plätze einnehmen!«

Mit diesen Worten senkte der König sein Zepter, und die weisen Männer eilten aus dem Saal. Sie hasteten in die Bibliothek des Palastes. Dort brüteten sie bis tief in die Nacht über den Fragen. Endlich, kurz vor Tagesanbruch, waren sie sich über die Antworten einig. Leider waren sie sich nicht sicher, ob es die richtigen Antworten waren.

Der oberste Weise wurde zum Sprecher gewählt. Er hielt noch ein kurzes Nickerchen, frühstückte und legte sich dann seine Notizen für das Gespräch mit dem König zurecht.

Der König war an diesem Tag früh aufgestanden und befand sich bereits im Thronsaal. Statt jedoch auf seinem Thron zu sitzen, schritt er auf dem Marmorboden auf und ab. Er war sehr nervös und gereizt. Die Fragen des kleinen Jungen gingen ihm ständig im Kopf herum. Ruhelos wanderte er hin und her und grübelte. Er konnte nur noch an seinen Schatten denken. Jedesmal, wenn er sich umdrehte, sah er seinen Schatten. Und je öfter er seinen Schatten sah, desto gereizter wurde er.

Weil er wußte, daß außer ihm niemand im Zimmer war, fing der König an, mit seinem Schatten zu reden: »Verschwinde! Ich befehle dir, mich zu verlassen, du dummer Schatten!«

Aber der Schatten wollte nicht weichen. Er schien dem königlichen Befehl zu trotzen: »Wer bist du, Schatten, daß du dich weigerst, mir zu gehorchen?«

Der Schatten gab keine Antwort und ging einfach nicht fort. Der König zitterte vor Zorn. Er schrie seinen Schatten an. Dann wieder flehte er ihn an und bat ihn wegzugehen. Aber nichts half. Jedesmal, wenn der König sich umdrehte, drehte sich der Schatten mit ihm herum.

Als die Zeit für das Gespräch mit den Weisen gekommen war, war der König vom Kampf mit seinem Schatten ganz erschöpft. Er fühlte sich besiegt – wie ein geschlagener Ritter in der Schlacht. Der Palastwächter trat ein und kündigte den obersten Weisen an. Sofort hellte sich die Miene des Königs auf. Er faßte neuen Mut und hoffte, daß die Weisen seine Fragen beantworten könnten und seinem Kampf mit dem Schatten ein Ende machen würden.

Der Oberste der Weisen spähte erst vorsichtig herein, um festzustellen, in welcher Stimmung der König war. Der König lächelte ihm zu und hob sein Zepter. Der Weise trat ein und näherte sich dem König. Er hatte einen Spiegel in der Hand.

»Guten Tag, weiser Mann. Was hast du da?« fragte der König.

»Guten Tag, Euer Majestät. Dies ist ein Spiegel, ein einfacher Spiegel«, antwortete der Weise. »Ich habe ihn mitgebracht, weil ich hoffe, daß er mir dabei hilft, Eure Fragen zu beantworten.«

»Sehr gut! Ausgezeichnet!« rief der König. »Du weißt also die Antworten?«

»Vielleicht, hoher Herr«, antwortete der Weise. »Wir haben Antworten für Euch, aber sie sind sehr geheimnisvoll. Wir glauben, daß die Schatten vom Licht gemacht werden. Wir wissen, daß wir Schatten sehen können, wenn Licht scheint. Aber wenn kein Licht da ist, gibt es auch keine Schatten.«

Der König runzelte die Stirn. »Das ist keine Antwort«, grollte er, »soviel wußte ich schon selbst. Ohne Licht kann ich nichts sehen, am allerwenigsten meinen eigenen Schatten. Es muß doch noch mehr dahinterstecken.«

»Sicherlich, Euer Majestät. Bitte hört mich zu Ende an«, sagte der weise Mann. »Natürlich können wir ohne Licht nichts sehen. Wenn es kein Licht gäbe, wären wir alle wie Blinde, die sich im Dunkeln den Weg ertasten. Aber selbst wenn wir Licht haben, ist immer noch ein bißchen Dunkelheit um uns herum. Das alles hat mit dem großen Geheimnis des Lichts zu tun.«

»Was ist so Geheimnisvolles am Licht?« fragte der König.

»Vieles«, sagte der weise Mann, »vor allem bewegt es sich so schnell. Wenn wir in ein dunkles Zimmer treten und eine Kerze anzünden, wie lange dauert es dann, bis der Raum hell ist? Und wenn wir die Kerze ausblasen, wie lange dauert es, bis es dunkel ist?«

»Es dauert überhaupt nicht. Es geschieht in einem Augenblick«, sagte der König.

»Herr, Eure erste Antwort kam der Wahrheit näher als die zweite. Es geschieht in weniger als einem Augenblick, weniger als einer Sekunde. Es hat den Anschein, als ob es überhaupt keine Zeit bräuchte. Aber alles braucht eine gewisse Zeit, um zu geschehen, sogar das Licht, um zu scheinen. Doch es geschieht so unglaublich schnell, daß es so ist, als würde überhaupt keine Zeit verstreichen. Das ist eines der großen Geheimnisse des Lichts.«

»Ich verstehe«, sagte der König. »Das ist sehr interessant. Doch was gibt es sonst noch für Geheimnisse um das Licht?«

Der oberste Weise gab dem König den Spiegel und sagte: »Seht in den Spiegel, o König, und sagt mir, was Ihr seht!«

Der König nahm den Spiegel in die Hand und hielt ihn vor sein Gesicht. Er schaute hinein und sagte: »Ich sehe mich selbst im Spiegel.«

»Seht Ihr Euch ganz im Spiegel, Herr?« fragte der Weise.

»Nein, natürlich nicht«, antwortete der König. »Ich sehe nur mein Gesicht.«

»Aber, o Herr, ist das wirklich Euer Gesicht im Spiegel?« fragte der Weise.

Der König war verwirrt. Er verstand nicht, was der Weise meinte. »Natürlich ist das mein Gesicht. Schließlich bin ich es, der in den Spiegel hineinsieht. Es ist nicht das Gesicht von jemand anders. Es muß mein Gesicht sein!«

Der oberste Weise lachte. »Ja, Ihr habt recht, Euer Majestät. Es ist nicht das Gesicht von jemand anders. Eigentlich ist es das Gesicht von überhaupt niemand, nicht einmal Eures. Euer Gesicht ist, wo es immer ist, vorn an Eurem Kopf. Es ist nicht in das Spiegelglas gekrochen. Was Ihr im Spiegel seht, ist ein Bild von Eurem Gesicht. Es ist nicht wirklich Euer Gesicht da drin. Es sieht aus wie Euer Gesicht, aber es ist es nicht wirklich. Wenn Ihr näher hinschaut, werdet Ihr sehen, daß es nicht einmal ein ganz genaues Abbild von Euch ist. Der Spiegel zeigt Euer Gesicht seitenverkehrt. Laßt es mich Euch zeigen!«

Der Weise nahm eine Tafel und schrieb einige Buchstaben darauf. Dann hielt er die Tafel vor den Spiegel. Nun waren die Buchstaben umgedreht, und man konnte die Worte nicht mehr lesen.

»Seht Ihr jetzt, o König, was ich meine? Das Spiegelbild ist nicht dasselbe.« Der König runzelte die Stirn und sagte: »Heißt das, daß ich in Wirklichkeit gar nicht so aussehe, wie ich mich im Spiegel sehe?«

»Doch, Euer Majestät. Ihr seht Eurem Spiegelbild sehr, sehr ähnlich. Aber was Ihr in dem Glas seht, entspricht nicht haargenau Eurem Aussehen.«

Der König war verblüfft. »Weißt du, was das bedeutet?« fragte er. »Das bedeutet, daß ich mich selbst nie so sehen kann, wie mich andere Leute sehen.«

»Das stimmt, Euer Majestät. Niemand von uns kann sich je selbst so sehen, wie andere ihn sehen.«

»Aber ich verstehe immer noch nicht, wie das funktioniert und wieso dies eine Erklärung für meinen Schatten sein soll.«

»O Herr, das ist schwierig zu erklären. Erinnert Ihr Euch daran, daß ich gesagt habe,

daß das Licht von vielen Geheimnissen umgeben ist? Mit dem Spiegel ist das nämlich so: wenn Licht auf uns fällt, während wir in das Glas blicken, dann erzeugt das Licht eine Spiegelung. Das ist so, als ob das Licht von unserem Gesicht abprallt und in den Spiegel springt. Unser Bild im Glas ist nicht unser Gesicht, sondern die Widerspiegelung des Lichts, das von unserem Gesicht abprallt.«

»Das ist höchst erstaunlich!« meinte der König. »Es ist fast zu schwierig für meinen Verstand.«

»Dafür braucht Ihr Euch nicht zu schämen, Euer Majestät. Ich bin gar nicht so sicher, ob überhaupt irgend jemand es wirklich versteht. Deshalb ist es ja ein Geheimnis.«

»Aber du sprachst noch von anderen Geheimnissen um das Licht. Was sind das für Geheimnisse?« fragte der König.

»Herr, wenn Ihr für einen Augenblick mit mir ans Fenster treten wollt.«

Der König nickte und schritt hinüber zu einem der großen Fenster des Thronsaals. Es war ein frischer, klarer Tag und die Sonne schien hell. Ihre Strahlen fielen durch das Fenster in den großen Thronsaal.

»Seht, o König, die Sonne strömt ungehindert durch das Fenster. Doch ihr Licht kann nicht durch die Tür dringen. Das ist ein weiteres großes Geheimnis des Lichts. Durch manche Dinge kann es hindurchscheinen, durch andere nicht. Bestimmte Dinge halten das Licht zurück. Das ist der Grund dafür, daß wir Schatten haben.«

»Wie?« rief der König. »Was meinst du damit, ›das ist der Grund, weshalb wir Schatten haben‹?«

»Tretet einmal hierher, Euer Majestät. Stellt Euch direkt vor das Fenster, da, wo das Licht hereinscheint. Seht Ihr, Ihr haltet das Licht ab. Und nun schaut über Eure Schulter, da seht Ihr Euren Schatten. Euer Schatten ist da, wo das Licht nicht hinscheint. Er ist nur der Umriß Eures Körpers, durch den das Licht nicht durchfällt.«

Der Weise fuhr fort: »Alle Dinge, die das Licht abhalten, haben einen Schatten. Der Schatten ist die dunkle Stelle, wo das Licht nicht hinkommt. Schaut heute nacht, nach Sonnenuntergang, noch einmal aus diesem Fenster! Schaut hinauf zum Mond! Manchmal ist Vollmond und ein leuchtender Kreis steht am Himmel. In anderen Nächten ist der Mond nur ein Halbkreis, und manchmal ist er nur eine schmale Sichel. Das ist ein weiteres Geheimnis des Lichts. Manchmal ist ein Teil des Mondes dunkel, weil der Schatten der Erde darauf fällt. Wenn die Sonne untergeht, hört sie nicht auf zu scheinen. Ein Teil der Erde hat sich einfach nur von ihren Strahlen entfernt, weil die Erde sich dreht. Und wenn die Erde zwischen die Sonne und den Mond gerät, dann wird ein Teil des Mondes von ihrem Schatten verdeckt. Daran seht Ihr, o König, daß nicht nur alles auf der Welt einen Schatten hat, sondern daß auch die Erde selbst einen Schatten hat.«

Der König wurde ganz still. Er dachte eine Weile nach, und dann ging er zu einer großen Schatztruhe, die in einer Ecke des Thronsaals stand. Er hob den Deckel, nahm einige Goldmünzen heraus und gab sie dem Weisen.

»Du und deine Weisen, ihr habt eure Sache wirklich gut gemacht. Diese Goldmünzen sind der Lohn dafür, daß ihr meine Fragen beantwortet habt! Aber eine Frage habe ich noch: Wie kann ich meinem Schatten entkommen? Wie kann ich es anstellen, daß er für immer weggeht? Ich möchte als der *König ohne Schatten* berühmt werden.«

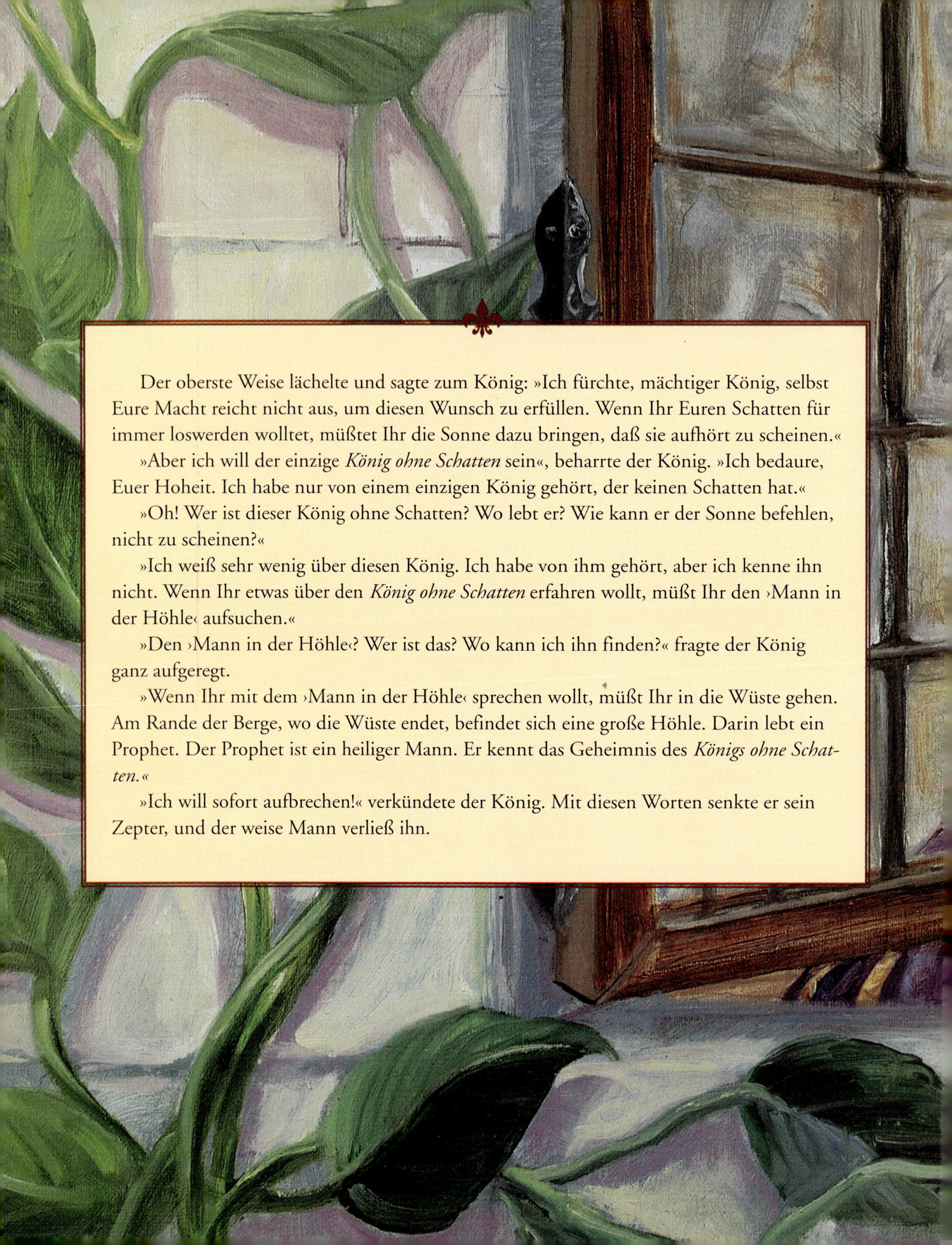

Der oberste Weise lächelte und sagte zum König: »Ich fürchte, mächtiger König, selbst Eure Macht reicht nicht aus, um diesen Wunsch zu erfüllen. Wenn Ihr Euren Schatten für immer loswerden wolltet, müßtet Ihr die Sonne dazu bringen, daß sie aufhört zu scheinen.«

»Aber ich will der einzige *König ohne Schatten* sein«, beharrte der König. »Ich bedaure, Euer Hoheit. Ich habe nur von einem einzigen König gehört, der keinen Schatten hat.«

»Oh! Wer ist dieser König ohne Schatten? Wo lebt er? Wie kann er der Sonne befehlen, nicht zu scheinen?«

»Ich weiß sehr wenig über diesen König. Ich habe von ihm gehört, aber ich kenne ihn nicht. Wenn Ihr etwas über den *König ohne Schatten* erfahren wollt, müßt Ihr den ›Mann in der Höhle‹ aufsuchen.«

»Den ›Mann in der Höhle‹? Wer ist das? Wo kann ich ihn finden?« fragte der König ganz aufgeregt.

»Wenn Ihr mit dem ›Mann in der Höhle‹ sprechen wollt, müßt Ihr in die Wüste gehen. Am Rande der Berge, wo die Wüste endet, befindet sich eine große Höhle. Darin lebt ein Prophet. Der Prophet ist ein heiliger Mann. Er kennt das Geheimnis des *Königs ohne Schatten.*«

»Ich will sofort aufbrechen!« verkündete der König. Mit diesen Worten senkte er sein Zepter, und der weise Mann verließ ihn.

Der König rief seine Ritter zusammen, und sie ritten in die Wüste. Als sie ans Ende der Wüste kamen, sahen sie die Öffnung einer großen Höhle. Sie stiegen von den Pferden und gingen auf die Höhle zu.

Der Prophet hatte die Reiter gehört und war herausgetreten. Der König erblickte ihn und rief: »Bist du der ›Mann in der Höhle‹?«

Der Prophet antwortete: »Ja, der bin ich. Aber wenn du mit mir sprechen willst, mußt du allein zu mir kommen!« Der König befahl seinen Rittern zurückzubleiben und ging auf die Höhle zu.

Als er vor dem Propheten stand, sagte er: »Ich bin der König!«

»Ja, ich weiß, wer du bist«, entgegnete der Prophet. »Komm mit mir in die Höhle, dort können wir reden.«

Im Innern der Höhle brannte ein kleines Feuer. Die züngelnden Flammen warfen

tanzende Schatten an die Höhlenwände. »Was möchtest du wissen, o König?«

»Mein oberster Weiser hat mir erklärt, daß es einen *König ohne Schatten* gibt und daß du mir von ihm erzählen kannst.«

Der Prophet war sehr alt. Sein langer Bart floß auf seine Brust herab, und er war in Tierhäute gekleidet. Er lächelte und sagte: »Ja, es gibt einen solchen König. Er ist der mächtigste und höchste König überhaupt!«

»Wo ist er?« wollte der König wissen. »Wo liegt das Reich, in dem er herrscht?«

»Er ist hier und er ist dort. Und er ist auch da, wo du hergekommen bist. Sein Königreich hat keine Grenzen. Seine Herrschaft hat kein Ende.«

»Wie kann das sein?« fragte der König. »Jedes Königreich hat Grenzen. Außerdem – wie könnte dieser König hier, dort und da, wo ich herkomme, sein? Du sprichst in Rätseln, Prophet!«

»Dieser Große König ist überall zur gleichen Zeit. Er ist unsichtbar.
Deshalb können menschliche Augen ihn nicht sehen. Er hat keinen Körper, keine Arme

oder Beine wie normale Könige. Er ist ein Geist, aber trotzdem ein König«, erklärte der Prophet.

»Ah!« meinte der König. »Hat er deshalb keinen Schatten? Nur Dinge mit Körpern haben Schatten, habe ich recht?«

»Nun«, sagte der Prophet, »du hast fast recht, aber nicht ganz. Es ist wahr, daß nur Körper solche Schatten haben wie die Schatten an den Wänden hier in der Höhle. Aber es gibt noch eine andere Art von Schatten: Schatten, die sogar geistige Dinge haben können.«

»Du sprichst schon wieder in Rätseln«, sagte der König. »Welche andere Art von Schatten meinst du?«

»Den Schatten des Bösen«, antwortete der Prophet. »Wir alle haben in uns einen geistigen Teil, wir nennen ihn unsere Seele. Wenn wir Dinge tun, die böse sind, sündigen wir, und die Sünde ist wie ein dunkler Schatten auf unserer Seele. Nur eine Seele, die rein ist, ist ohne Schatten.«

»Hat deine Seele einen Schatten?« fragte der König. »Es heißt von dir, daß du ein heiliger Mann bist, und ich dachte, Heilige hätten keine Dunkelheit in ihrem Herzen oder in ihrer Seele.«

»Auch Heilige und Propheten haben Schatten auf der Seele«, sagte der Prophet. »Ich bin nicht vollkommen. Ich tue immer noch Dinge, die böse sind. Erst wenn ich sterbe und in den Himmel gehe, wird mein Schatten meine Seele für immer verlassen.

Der Große König, *der König ohne Schatten*, hat nicht einfach nur deshalb keinen Schatten, weil er ein Geist ist. Er hat keinen Schatten, weil er ganz heilig ist. Er ist ganz ohne Sünde und tut niemals etwas Böses. Es ist keine Dunkelheit in ihm.

Der König ohne Schatten ist Gott selbst. Er ist König über alles. Er ist sogar König über dich. Er ist es, der die Sonne scheinen und den Regen fallen läßt. Sein Reich ist überall, und es wird für immer bestehen.«

Der König wollte unbedingt mehr über den *König ohne Schatten* erfahren.

Stundenlang saß er bei dem Propheten in der Höhle und hörte ihm zu, wie er von dem König, der Gott selbst ist, erzählte.

Die Sonne ging schon unter, als er sich von dem Propheten verabschiedete. Er verließ die Höhle und ritt mit seinen Rittern den langen Weg zum königlichen Palast zurück.

In dieser Nacht schlief der König nicht gut. Er wälzte sich im Bett hin und her. Sein Körper war müde, aber sein Verstand war hellwach. Er mußte immerzu an die wunderbaren Dinge denken, die er über den *König ohne Schatten* erfahren hatte.

Endlich schlief er ein. Am Morgen erhob er sich und rief seine Diener zu sich. »Sucht den kleinen Jungen, der vorgestern mit seinem Hündchen bei mir war, und bringt ihn zu mir!«

»Wie heißt er?« fragte der Oberdiener.

Der König erschrak: »Ich weiß es nicht. Ich habe vergessen, ihn nach seinem Namen zu fragen. Findet ihn trotzdem. Sucht das ganze Königreich nach ihm ab, bis ihr ihn gefunden habt, und bringt ihn dann her«, befahl er.

Die Diener zogen los und begannen, im ganzen Königreich nach dem kleinen Jungen zu suchen. Sie gingen von Dorf zu Dorf und von Haus zu Haus, bis sie schließlich zu einer kleinen Hütte kamen. Da sahen sie im Vorgarten einen Jungen mit seiner älteren Schwester und mit seinem kleinen Brüderchen. Sie spielten mit einem Hündchen.

Der eine Diener trat zu dem Jungen und fragte: »Bist du der Junge, der beim König war?«

Der Kleine lächelte ihn an und sagte: »Ja, und mein Hündchen war auch dabei.«

»Gut daß wir dich endlich gefunden haben«, sagte der Knecht. »Du sollst mit uns zum Palast kommen. Der König möchte mit dir sprechen!«

Der kleine Junge schaute hinüber zu seiner Schwester und seinem Bruder und fragte: »Können mein Bruder und meine Schwester mitkommen? Sie haben mir nicht geglaubt, als ich ihnen erzählte, daß ich beim König war.«

Der Diener lachte und sagte: »Das kann ich verstehen. Natürlich können die beiden mitkommen. Und bring auch deinen Hund mit!«

So wanderten die Kinder und der Hund mit den Dienern zum königlichen Palast. Als sie den großen Thronsaal betraten, hob der König sein Zepter und winkte sie heran.

Er freute sich sehr und sagte zu dem kleinen Jungen: »Ich bin froh, daß meine Diener dich gefunden haben. Sag mir aber zuerst: Wie heißt du?«

Der Junge antwortete: »Ich heiße Philipp. Das ist meine große Schwester Charlotte und mein kleiner Bruder Michael.«

»Hat dein Hund auch einen Namen?« fragte der König. »O ja, Herr König. Mein Hund heißt Kunibert«, antwortete der Junge.

»Das ist aber ein sehr vornehmer Name für einen so kleinen Hund, Philipp. Du hast ihm den Titel eines Ritters gegeben. Bisher hatte ich gedacht, daß nur Könige jemanden zum Ritter schlagen können.«

Philipp wurde vor Verlegenheit ganz rot. »O bitte, seid nicht ärgerlich, Euer Hoheit! Ich habe bloß König gespielt.«

»Das ist schon in Ordnung«, sagte der König. »Bring mir das Hündchen her, dann wollen wir das Ganze noch einmal nach Vorschrift machen.«

Philipp brachte den Hund zum König. Der König zog sein Schwert und legte es mit der flachen Seite auf den Kopf des Hündchens. »Hiermit schlage ich dich, Sir Kunibert, zum Ritter. Von diesem Tage an wirst du deinem Herrn Philipp ritterlich dienen.«

Die Kinder kicherten vor Aufregung darüber, daß ihr Hündchen nun ganz feierlich vom König zum Ritter geschlagen worden war.

»Ich habe euch viel zu erzählen«, sagte der König. »Kommt, setzt euch um meinen Thron, dann will ich euch von den Geheimnissen der Schatten berichten.«

Die Kinder lauschten aufmerksam, als der König ihnen alles erklärte, was er von seinem obersten Weisen über Schatten und Licht erfahren hatte.

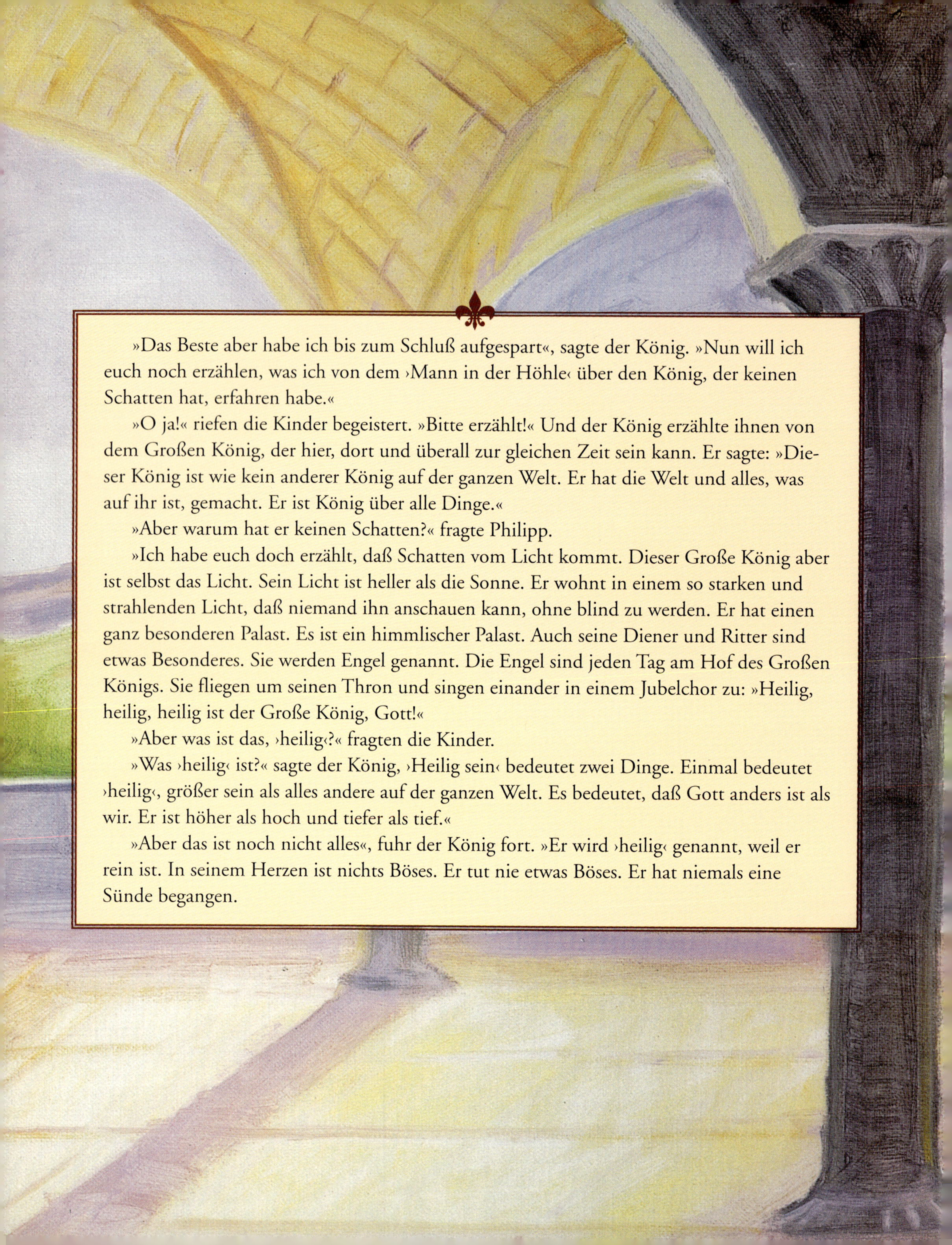

»Das Beste aber habe ich bis zum Schluß aufgespart«, sagte der König. »Nun will ich euch noch erzählen, was ich von dem ›Mann in der Höhle‹ über den König, der keinen Schatten hat, erfahren habe.«

»O ja!« riefen die Kinder begeistert. »Bitte erzählt!« Und der König erzählte ihnen von dem Großen König, der hier, dort und überall zur gleichen Zeit sein kann. Er sagte: »Dieser König ist wie kein anderer König auf der ganzen Welt. Er hat die Welt und alles, was auf ihr ist, gemacht. Er ist König über alle Dinge.«

»Aber warum hat er keinen Schatten?« fragte Philipp.

»Ich habe euch doch erzählt, daß Schatten vom Licht kommt. Dieser Große König aber ist selbst das Licht. Sein Licht ist heller als die Sonne. Er wohnt in einem so starken und strahlenden Licht, daß niemand ihn anschauen kann, ohne blind zu werden. Er hat einen ganz besonderen Palast. Es ist ein himmlischer Palast. Auch seine Diener und Ritter sind etwas Besonderes. Sie werden Engel genannt. Die Engel sind jeden Tag am Hof des Großen Königs. Sie fliegen um seinen Thron und singen einander in einem Jubelchor zu: »Heilig, heilig, heilig ist der Große König, Gott!«

»Aber was ist das, ›heilig‹?« fragten die Kinder.

»Was ›heilig‹ ist?« sagte der König, ›Heilig sein‹ bedeutet zwei Dinge. Einmal bedeutet ›heilig‹, größer sein als alles andere auf der ganzen Welt. Es bedeutet, daß Gott anders ist als wir. Er ist höher als hoch und tiefer als tief.«

»Aber das ist noch nicht alles«, fuhr der König fort. »Er wird ›heilig‹ genannt, weil er rein ist. In seinem Herzen ist nichts Böses. Er tut nie etwas Böses. Er hat niemals eine Sünde begangen.

Der Prophet hat mir erzählt, daß Gott, der König, keinen Schatten hat. Wenn er sich umdreht, dann ist kein Schatten hinter ihm. Er ist ganz Licht, ein Licht von strahlender Herrlichkeit. Sein Licht ist so hell, daß sogar die Engel, seine himmlischen Diener, ihre Augen mit den Flügeln bedecken müssen, wenn sie bei ihm sind. Sogar die Engel wagen es nicht, ihn anzuschauen, so sehr leuchtet seine Herrlichkeit.

Der Große König beugt sich vor keinem Menschen, aber alle Menschen müssen sich vor seiner großen Majestät verneigen«, sagte der König. »Wenn ihr in meinen Thronsaal kommt, müßt ihr euch vor mir verneigen, weil ich euer König bin. Ich verneige mich vor keinem Menschen, aber ich muß mich vor dem Großen König beugen. *Der König ohne Schatten* ist so groß, daß sogar ich mich vor ihm verneigen muß. Er ist mein Herrscher, mein König.«

»Meine Güte«, sagte Philipp, »ich dachte, Ihr wärt der größte König von allen, Herr König. Ihr meint, es gibt einen König, der so groß ist, daß sogar Ihr vor ihm niederknien müßt?«

»Ja, Philipp. Ich mag ein großer König sein, aber ich bin ein König mit einem Schatten. Siehst du, sogar jetzt kannst du meinen Schatten da neben meinem Thron sehen. Aber selbst wenn die Sonne untergeht und wir alle Kerzen im Palast ausblasen, hätte ich immer noch einen Schatten auf meiner Seele. Ich bin nicht rein und heilig wie der König im Himmel. Ich werde so lange einen Schatten haben, bis ich ihn eines Tages im Himmel sehe.«

»Heißt das, daß Euer Schatten eines Tages weggehen wird?« fragte Charlotte.

»Ja, Charlotte. Wenn ich sterbe und in den Himmel gehe, werde ich endlich Gott sehen, wie er wirklich ist. Ich werde seine ganze Herrlichkeit und Schönheit sehen. Dann wird mein Schatten für immer fortsein. Gott wird alles Böse aus meinem Herzen nehmen, und ich werde rein sein. Gott wird mich genauso heilig machen, wie er es selbst ist.

Der Mann in der Höhle hat mir für vieles die Augen geöffnet, was ich vorher nicht verstanden habe. Jetzt möchte ich unbedingt mehr über den *König ohne Schatten* erfahren. Deshalb habe ich eine Bitte und einen Auftrag an euch alle: Sucht den Großen König, sucht nach seinem Palast, haltet Ausschau nach der Tür, die in seinen Thronsaal führt. Wenn ihr ihn sucht, werdet ihr ihn auch finden. Und wenn ihr ihn findet, dann werdet ihr keine Angst mehr vor Schatten haben!«

Mit diesen Worten senkte der König sein Zepter und nickte den Kindern zum Abschied zu. Sie legten den ganzen Weg nach Hause hüpfend und springend zurück. Und seit diesem Tag begannen sie, den *König ohne Schatten* zu suchen.

Liebe Eltern,

viele andere interessante Titel zur Bibel finden Sie im Programm des Hänssler Verlags.

Fragen Sie in Ihrer Buchhandlung nach einem vollständigen Katalog oder schreiben Sie an:

Hänssler-Verlag GmbH
Postfach 12 20
D-73762 Neuhausen

HÄNSSLER-VERLAG
Bismarckstr. 4, 73765 Neuhausen-Stuttgart

Published in English by Chariot Books,
A Division of David C. Cook Publishing Co.

Übersetzung von Sieglinde Denzel/Susanne Naumann

Manufactured in USA

ISBN 3-7751-2529-9
Artikel-Nr: 392.529

hänssler
KINDERLAND